小狐狸、月亮船與星星糖球

文／圖：奇奇鳥＋妙妙貓

在森林裡，一隻鳥遇見了一隻迷途的貓，他們成為好朋友。

鳥（奇奇鳥）和貓（妙妙貓）展開幻想的翅膀，結伴旅遊，他們穿過樹梢，飛掠山峰，追趕著白雲⋯⋯。

以下是他們從遙遠的北方森林帶回來的故事—

在夜晚的森林裡，一隻小狐狸來來回回地走著。

一陣風吹過──

「小狐狸，森林裡又冷又黑，你趕快回家吧！」一棵老樅樹忍不住對他說。

「是啊！是啊！是啊！」其它的樹也都跟著附和。

小狐狸哭喪著臉說：

「我也想要回家呢，可是我找不到回家的路。」

風遠離了，森林裡一片靜肅。

小狐裡含著眼淚，望著天空——

一顆星星也沒有，它們都藏到那裡去了？

連月亮也被一隻大灰熊似的烏雲遮擋著。

小狐狸覺得好孤獨，好害怕。

他在一堆草叢裡躺了下來，踡縮著身體，把頭

藏在尾巴的下面——

「我要睡覺了，睡著了，就可以離開這場惡夢。」

他很快就睡著了，睡了很久很久。

不過，也許不是那麼地久。

當他醒來時，醒在溫暖而明亮的月光裡。

一艘小船停在他身邊，細細長長的，兩頭向上揚起，像一張微笑的嘴。

　　小狐狸抬起頭，望著天空，那一團像大灰熊的烏雲已經不見了，那麼月亮呢？月亮在那裡？在下一個瞬間，他突然明白了──

　　「呵！這是一艘月亮船呢！」

　　月亮船咧著嘴，笑著說──

　　「小狐狸，趕快上船吧，我在等你呢。」

　　小狐狸跳上船，月亮就冉冉升空了。

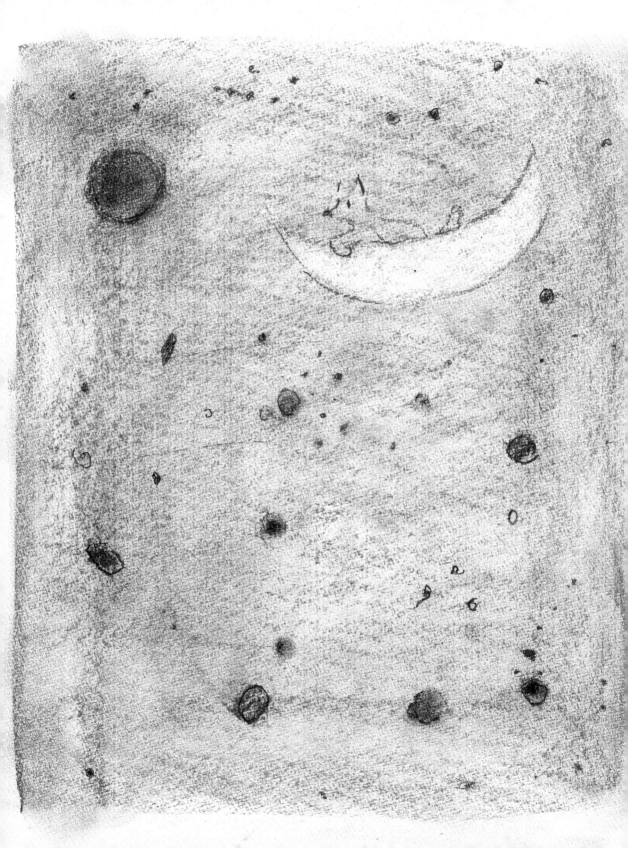

無邊無際的天空像墨一樣的黑。

「星星呢？它們都在那裡？」小狐狸迷惑地問。

「它們就在這裡，在天空的每一個地方。」月亮船說。

「可是，為什麼我看不見它們？」小狐狸更迷惑了。

「因為它們都睡著了，醒不過來。」

月亮船有些懊惱，他對小狐狸說──

「小狐狸，我想請你幫一個忙，把這些睡懶覺的小星星們一個個地喚醒。」

「真的嗎？我很樂意，可是要怎麼把它們喚醒呢？」小狐狸很興奮。

「很簡單，只要一個吻。」月亮眨眨眼睛說。

「真的？只要一個吻？就可以把一顆星星喚醒？」小狐狸簡直不敢相信。

「是真的，只要一個吻，但必須是溫柔而且真誠的吻。」

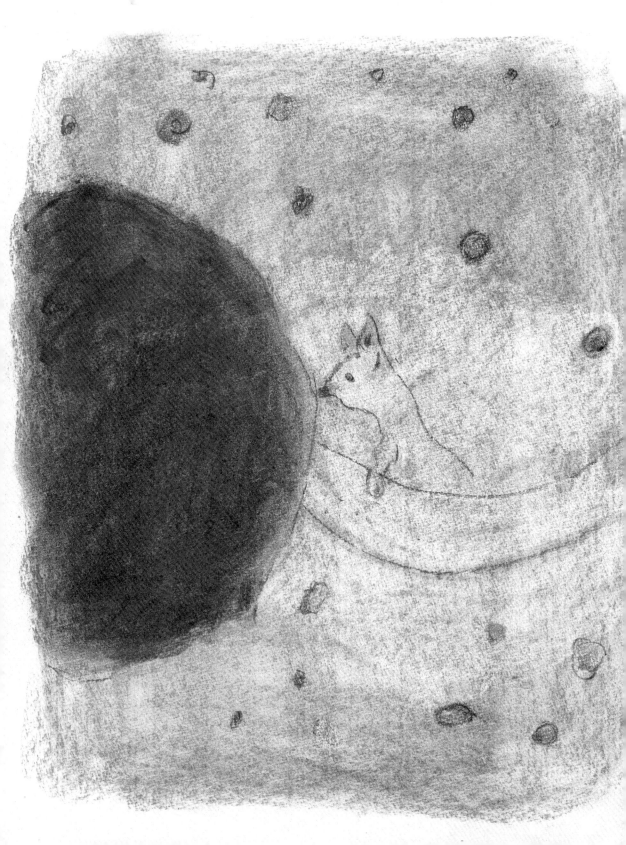

正說著，月亮船停泊在一顆暗沈的星星上——

「你試試看吧。」

小狐狸在這顆星星的臉頰上輕輕地吻了一下。

他覺得這顆星星好像是一顆糖球，甜甜的，西瓜口味。

這顆西瓜口味的星星糖球幾乎是立刻醒了，它先是咳嗽了幾聲，然後「啪」的一聲，亮了，發出耀眼的光。

小狐狸好開心。

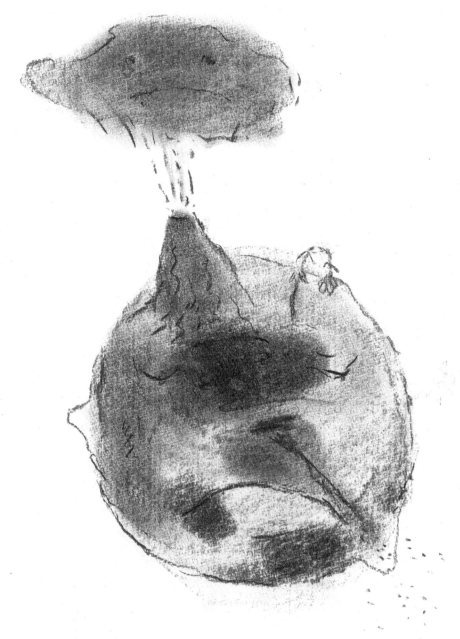

好大的下床氣！

就這樣，他們喚醒了好多好多的星星。

這些星星糖球有的是香蕉口味，有的是草莓口味，有的是鳳梨口味，也有幾顆很特別的星星，它們不是一般的糖球，因為它們裹著一層香純的巧克力醬。

每顆星星都不太一樣—

大部份的星星都醒得很快，而有些星星卻醒得很慢，還垮著一張臉，好大的下床氣！

有的星星具有強烈的自我，醒來之後就沒休沒止地旋轉著；而有些星星則既好奇又熱情，它們一旦醒了過來，就立刻展開沒完沒了的星際旅行。

現在，無邊無際的天空，布滿了晶晶亮亮的星星糖球。

「小狐狸，你看！」月亮船指著下方說。

銀白的月光灑在森林的樹梢，一棟小房子掛在一棵老樅樹的梢頭，小房子的窗戶敞開著，露出溫暖的燈光。

「啊，那就是我的家耶！」小狐狸驚喜地叫著。

「現在，你可以回家了。」月亮船微笑著說。

小狐狸從敞開的窗戶爬了進去。

餐桌上有一個生日蛋糕，生日蛋糕上堆著一座像小山一樣高的星星糖球，各種不同的顏色，各種不同的口味。

「生—日—快—樂！」

突然，小屋子變得熱鬧非凡了—

蜘蛛和壁虎從天花板溜了下來，螞蟻是從門縫爬進來的，小貓和小狗本來是躲在床底下，還有小狐狸的好朋友列拿狐，他等不及了，已經跳上了餐桌。

還有一頭大象，因為他太大了，只能站在屋頂上，但他的長鼻子從窗口伸進來，捲走了一顆香蕉口味的星星糖球。

月亮船掛在窗外。

奇奇鳥？妙妙貓？

不在這裡，他們又出發旅遊了———

小狐狸、月亮船與星星糖球

作　　者　奇奇鳥＋妙妙貓

美術編輯　賴麗榕

版　　次　2019 年 12 月一版一刷

發 行 人　陳昭川

出 版 社　八正文化有限公司

　　　　　108 台北市萬大路 27 號 2 樓

　　　　　TEL/ (02) 2336-1496

　　　　　FAX/ (02) 2336-1493

登 記 證　北市商一字第 09500756 號

總 經 銷　創智文化有限公司

　　　　　23674 新北市土城區忠承路 89 號 6 樓

　　　　　TEL/ (02) 2268-3489

　　　　　FAX/ (02) 2269-6560

定　　價　180 元

歡迎進入～

八正文化　網站：http://www.oct-a.com.tw

八正文化部落格：http://octa1113.pixnet.net/blog